Jon Danger und die Schwarze Auktion
Jon Danger, Band 5

Marten Zabel

Jon Danger und die Schwarze Auktion

Abenteuerroman

Bibliografische Information der Deutschen Nationalbibliothek:
Die Deutsche Nationalbibliothek verzeichnet diese
Publikation in der Deutschen Nationalbibliografie; detaillierte
bibliografische Daten sind im Internet über http://dnb.dnb.de
abrufbar.

Weitere Informationen unter jondanger.com

Verlag: BoD · Books on Demand GmbH, In de Tarpen 42,
22848 Norderstedt, bod@bod.de

Druck: Libri Plureos GmbH, Friedensallee 273, 22763
Hamburg

ISBN: 978-3-7693-5012-8

Auf der Hand von Doktor Jonathan Daniel Danger lagen drei Karten: Eine Pik Acht, ein Kreuz König und eine Pik König. Auf dem Tisch lagen ein Herz König und eine Karo Acht. Zusammen ergab das ein Full House, ein sehr gutes Blatt. Eine Schweißperle rann Jons Stirn herunter und tropfte auf den Tisch. Unter diesem war eine Waffe auf seinen Schritt gerichtet. Die Waffe lag, unsichtbar aber doch sehr präsent, in der Hand einer atemberaubend schönen Frau. Deren dunkle Augen Jon funkelten Jon erwartungsvoll über den Tisch hinweg an.

Die vier anderen Menschen am Tisch wussten von dieser Verbindung zwischen Jon und der Schönheit namens Anastasia Oikonomou nichts. Nur ihre jugendliche Tochter, die zu ihrer rechten saß – ohne Karten auf der Hand, da sie nach der ersten Runde ausgestiegen war. Elena Oikonomou kam in Sachen Schönheit nach ihrer Mutter, wenngleich sie nicht ganz deren charismatische Präsenz hatte. Mit der hatte Anastasia alle Blicke im Raum auf sich gezogen, als sie das Parkett des Casinos von Monaco betreten hatte.

Der Araber missinterpretierte Jons Schweiß für das Zeichen einer schlechten Hand und ging All-In. Anastasia lächelte kühl und stieg aus. Die beiden Amerikaner setzten mehr Chips und Jon, mit einem größeren Vorrat an Chips ausgestattet, ging mit.

Die Gespräche der illustren und geheimnisumwobenen Gesellschaft waren für einen Moment abgeebbt und alle hatten andächtig dieser griechischen Göttin gehuldigt, als der funkelnde Glanz ihres modischen Abendkleidchens den Raum erhellt hatte. Die hatte sich sich, gefolgt von ihrer Tochter, an den ihr vorgesehenen Platz bewegt. Am Tisch von Jon, Phil, einem geheimnisvollen

Araber und zwei Amerikanern hatten die beiden Frauen Platz genommen und sich kurz vorgestellt.

Der Araber, ein Mann mit kräftigem aber wohlgepflegtem Bart, traditioneller Kopfbedeckung und einem roten Maßanzug mit goldenem Brokat, schien gänzlich hypnotisiert. Die beiden Amerikaner, Brody und Jones, schwitzten in ihren einfachen Smokings. Brody, der Jüngere, war ein Mann Anfang 20 mit hauchdünnem Schnurrbart. Jones war gut fünfzehn Jahre älter, trug das leicht ergrauende Haar zurückgekämmt und war glattrasiert.

Die beiden Frauen hatten aus gutem Grund alle Aufmerksamkeit auf sich gezogen. Anastasia, Jon schätzte sie auf Mitte 30, trug die schwarzen Haare offen und hatte ein eng anliegendes dunkelrotes Kleid an, das ihre Kurven betonte. Die deutlich jüngere Elena trug weiß und sah aus wie ein Traum von Unschuld. Lediglich eine perlmuttbesetzte Brosche auf ihrer Brust lenkte von ihrer jugendlichen Schönheit und ihren hochgesteckten braunen Locken ab.

Phil hatte es als erster geschafft, seinen Mund zu schließen und seinen natürlichen Charme wiederzufinden. „Philip Julius Wentworth-Ganterbury. Dies ist der berühmte Archäologe und mein bester Freund Doktor Jonathan Daniel Danger. Zu meiner Linken sehen Sie Herrn, äh, Qasim und die beiden Herren zu Jons Linker Hand sind Mr. Brody und Mr. Jones aus New York. Sie können mich Phil nennen." Er hatte Anastasias und Elenas Hände geküsst und sich dann wieder gesetzt.

Das war vor zwei Stunden gewesen. Die anderen Tische waren inzwischen mit weiteren Gästen aus aller Herren Länder gefüllt: Eine ältere Dame aus Deutschland, vermutlich alter Adel, die eine Mischung aus intellektueller Überlegenheit und über Generationen kultivierter Autorität versprühte. Ein Trio aus China, dessen

Auftreten Jon unangenehm an seine Zusammenstöße mit den Triaden in Hongkong erinnerte. Zwei angebliche Holländer, deren Akzent eher nach Südafrika klang. Ein Milliardär aus den USA, berühmt genug, als dass man sein Gesicht erkannte. Viele Unbekannte. Araber. Inder. Europäer. Südamerikaner. Japaner. Chinesen. Sie alle hatten sich hier versammelt, auf dieser geheimnisvollen und schwer zugängliche Veranstaltung. Und unter ihnen Jon und Phil. Letzterer schien die Sache, wie das meiste im Leben, für einen Spaß zu halten. Aber ein guter Teil dieser Menschen war gefährlich. Und ebenso zu einem guten Teil gefährlich war das, was heute Nacht in die Versteigerung gehen sollte.

Der Araber legte triumphierend seine Karten auf den Tisch: Kreuz Neun, Pik Bube, Pik Dame. Gemeinsam mit den Karten auf dem Tisch ein Straight. Der erste Amerikaner, Mr. Brody, zeigte seine Hand und kam auf einen Drilling. Der zweite lediglich auf das Pair von Königen, das bereits auf dem Tisch lag – er hatte gut geblufft. Jon atmete aus und legte seine Karten auf den Tisch. Der Araber gab einen Säufzer von sich und Chips wurden vor Jon geschoben.

Eine Stunde zuvor, während der Pause am exzellenten Buffet: Anastasia hatte sich neben Jon gestellt, der sich gerade Escargot auf einen Teller nahm. „Doktor Danger, haben Sie einen Moment?" Jon blickte die Frau an, deren üppiges Dekolltée sich wenige Handbreit neben seinem Arm befand. Tiefdunkle Augen, rabenschwarzes Haar und volle Lippen, leicht geöffnet. Ein leichter Blick von Sehnsucht und Verzweiflung im Gesicht.
„Miss Oikonomou?"
„Nennen Sie mich Anastasia, Doktor Danger. Ich würde gerne etwas mit Ihnen besprechen. Unter vier Augen." Er spürte die Blicke anderer auf sich. Männer wie Frauen. Die Aufmerksamkeit

dieser Frau war etwas, das auf dieser Auktion vermutlich jetzt schon einen immensen Wert hatte.

Ohne weitere Worte drehte sich Anastasia Oikonomou um und ging in Richtung der Toilettenräume. Jon starrte dem Schwung ihrer runden Hüften in dem eng anliegenden Kleid nach, stellte seinen Teller ab und setzte sich in Bewegung. Die Frau verschwand im Gang hinter einem schweren, dunkelroten Samtvorhang und Jon folgte ihr. Dahinter befand sich ein kleiner Raum, in dem edel gepolsterte Stühle aufgestapelt standen. Dazwischen die beiden Oikonomous, Elena und ihre Mutter Anastasia. Letztere hatte eine Waffe auf Jon gerichtet, einen kleinen aber tödlichen Derringer mit zwei Läufen.
„Reden wir über die Taktik für diese Auktion, Doktor Danger."

In der nächsten Runde des Pokerspiels rann Jon das Glück durch die Finger. Phil und Elena ging es allerdings ähnlich und so schieden die beiden aus. Anastasia spielte konservativ und verlor nur wenige Chips. Brody und Jones überboten sich am Ende, nachdem auch Jon ausgestiegen war, im Wettstreit mit Qasim. Am Ende war auch von den Amerikanern nur noch Jones im Rennen, was ihm missbilligende Blicke seines Landmannes einbrachte.

Die Runde darauf hätte Jon Anastasia aus dem Spiel kicken können. Ein Blick aus ihren dunklen Augen sagte ihm aber, dass dies keine Option war. Draußen ging gerade die Sonne unter und die elektrischen Kronleuchter in dem edlen Spielsaal wurden angeschaltet. Phil hatte von der ganzen Geschichte nichts gemerkt oder hielt Jons Anspannung für dieselbe sexuelle Überladung, die fast alle Männer und einige Frauen in diesem Raum beim Anblick von Miss Oikonomou spürten. Unterdessen wurde im hinteren Teil des Saals der Vorhang zur Bühne zugezogen, da dort eine Show vorbereitet werden sollte. Jon blickte auf das nächste Blatt in seiner Hand: Pik Dame, Pik Bube, Pik As. Aber Anastasia Oikonomou, das wusste er, würde gewinnen. Dafür würde sie töten.

„Sie und ich werden dafür sorgen, dass wir beide am Ende die meisten Chips aus der Partie nehmen, Doktor Danger,", hatte Anastasia ihm mit vorgehaltener Waffe erklärt. „Und dann werden Sie mit dem Geld Ihres reichen Freundes zwei Gegenstände aus dieser Auktion ersteigern. Nummer vierundzwanzig und Nummer fünfundachtzig. Verstanden?"

„Was in aller Welt haben Sie vor? Und warum der Zirkus mit dieser Waffe? Wie haben Sie die überhaupt hier hereinbekommen?" Die Leibesvisitation an der Tür war ungewöhnlich gründlich gewesen. Phil hatte sich von seiner geliebten Lancaster Howdah trennen müssen. Jon von seinem Taschenmesser.

„Nummer vierundzwanzig will ich haben, Doktor Danger, ohne dass jemand weiß, dass dies so ist. Bei der Nummer fünfundachtzig habe ich persönliche Gründe, sie nicht in den falschen Händen sehen zu wollen. Betrachten Sie das als Bezahlung für unsere Partnerschaft. Sie lächelte etwas verschlagenener, als er es ihrem puppenhaften Gesicht zugetraut hätte. Den Blick ihrer ebenso hübschen Tochter konnte Jon nicht interpretieren.

„Und dafür müssen Sie mir eine Waffe ins Gesicht halten?"

„Ich weiß, dass ich Männern nicht trauen kann. Frauen auch nicht. Tun Sie, was ich sage und vielleicht wird Ihnen sogar gefallen, was passiert." Funkelnde Augen.

„Wenn ich Dinge mit Phils Geld ersteigern soll, wofür brauchen Sie dann die Chips?"

„Ich habe noch weitere Interessen auf dieser Auktion. Beruflicher Natur. Darum müssen Sie sich nicht kümmern, Danger."

„Mir scheint, ich habe nicht wirklich eine Wahl."

Anastasia trat an ihn heran. Er spürte ihre Hand in seinem Schritt. Ihre Augen blickten tief in seine. Ihr Mund war ein Symbol der Wollust, als sie ihn innig küsste.

„Zuckerbrot, Doktor Danger", sagte sie, die Hand leicht über sein erhärtendes Glied fahrend. „Oder Peitsche." Die Hand zog sich zurück und wurde durch die Härte ihrer Waffe ersetzt, die sie ihm zwischen die Beine hielt. Dann ging sie an ihm vorbei und verschwand, gefolgt von ihrer Tochter, durch den Vorhang.

Jones hatte gut geblufft. Jon ebenfalls. Anastasia ging mit, setzte All-In, um mit den beiden Männern mitzuhalten. Jones sagte ein Fold an. Jon atmete hörbar aus. Und sagte dann ebenfalls ein Fold an, sodass Anastasia als Siegerin aus der Runde hervorging. Phil sah Jon an, als ob dieser der Schönheit gegenüber nur einen Gefallen hatte tun wollen. Was der Brite nicht wusste: Jon Danger hatte soeben buchstäblich seine eigenen Eier gerettet.

Jon folgte den beiden Frauen mit einigen Minuten Abstand und leicht zitternden Beinen. Anastasia Oikonomou und ihre Tochter hatten sich an einen indischen Prinzen herangeworfen und schwatzten am Buffet, als ob nichts geschehen wäre. Jon war der Appetit vergangen, er suchte nach Phil. Diesen fand er mit einer amerikanischen Schauspielerin am Arm. Sie gehörte offenbar zur abenteuerlicheren Sorte, wenn es sie hierher verschlagen hatte.

„Phil, hast Du einen Moment Zeit?"
„Nicht jetzt, Jon, Miss Lancaster und ich haben gerade so etwas wie ein Rendezvous." Das Mädchen kicherte unter ihrer modischen Kurzhaarfrisur. Der Federschmuck an ihrem Stirnband wippte.

Jon griff sich einen Sherry von einem Kellner und ging zurück an den Tisch, an dem in Kürze das Pokerspiel starten sollte. Alle Gäste der Schwarzen Auktion mussten daran mit einem

Mindesteinsatz teilnehmen, der für die meisten Menschen im Empire mehr als ihr Lebensverdienst gewesen wäre. Phil hatte für Jon mitgezahlt. Die eingesetzte Summe durfte bei der Auktion noch einmal aus weiteren Quellen als Gebot abgegeben werden – wer also plante, alle zu überbieten, musste am Abend erst einmal viel riskieren. Jon und Phil waren nur wegen eines einzigen, simplen Objekts hier. Und um eine Chance zu haben, es zu ersteigern, brauchten sie ein hohes Budget.

Jon und Phil hatten jeder Chips im Wert von 10.000 Pfund Sterling gekauft und registriert. Eine unvorstellbare Summe für den Archäologen, eine kleinere Investition für seinen Freund. Am Ende konnten sie dann jeder diese Summe auf Objekte der Auktion bieten – plus was auch immer sie am Pokertisch dazugewinnen konnten. Theoretisch war das Budget unbegrenzt, da andere Spieler am gleichen Tisch größere Summen setzen durften. Und Jon hatte nun neben dem eigenen Sieg auch den von Miss Oikonomou im Auge zu behalten.

Nur noch Jon Danger und Anastasia Oikonomou waren im Spiel. Nicht nur die ausgeschiedenen Spieler an ihrem Tisch waren gebannte Zuschauer: Auch von anderen Tischen gab es Blicke und der ein oder andere Gast der Auktion schlenderte in die Nähe des Tisches, an dem die beiden schönsten Frauen im Saal saßen. Die Ältere der beiden, irgendwo zwischen Mitte und Ende 30, blickte Jon über ihre soeben ausgeteilten Karten an. Ein leichtes Lächeln kräuselte sich auf ihren dunkelroten Lippen – sie hatte nun beide Hände an den Karten und keine mehr unter dem Tisch.

Die letzte Spielrunde war eröffnet. Anastasia Oikonomou setzte den Big Blind, Jon den Small Blind. Dann blickte der Kanadier auf seine Handkarten. Pik Dame und Pik Bube. Sein Blick war nun ruhig. Er schaute über den Tisch auf Anastasia

Oikonomou. Deren dunklen Augen funkelten ihn über ihre beiden Handkarten hinweg an.

„Raise", sagte sie mit ruhiger Stimme.
„Call", erwiderte Jon, ging mit.

Der Croupier legte die ersten drei Gemeinschaftskarten auf den Tisch und deckte sie auf. Kreuz König. Herz Acht. Pik Zehn.

Jons Gesicht zeigte keine Regung mehr. Anastasia schob ihren Stuhl einen Handbreit zurück und lehnte sich dann ein wenig vor, was die Aufmerksamkeit nicht ganz zufällig auf ihr Dekolleté zog.

„Ich erhöhe wieder", sagte sie und warf Jon einen herausfordernden Blick zu.
„Ich gehe mit", sagte der und schob die Chips in die Tischmitte.

Der Croupier legte die vierte Karte in die Tischmitte und deckte sie auf. Der Turn. Pik König. Jons Augen verengten sich leicht. Er musste nicht mehr auf seine Handkarten blicken. Aber auch seine Gegnerin hatte die Karten auf dem Tisch abgelegt und würdigte sie keines Blickes mehr. Über den Tisch hinweg starrten sie sich in die Augen.

„Check", sagte Anastasia.
„Raise", sagte Jon.
Es war Zeit für den River, die letzte Gemeinschaftskarte.

Der Royal Flush ist das wertvollste Blatt sowohl beim Poker als auch beim Texas Holdem Poker. Die Chance, einen zu haben, ist verschwindend aber liegt er auf der Hand, ist man für diese Runde unschlagbar. Ein Royal Flush besteht aus einer Straße der höchsten Karten, alle von einer Farbe. Jon hielt Pik Zehn, Pik Bube, Pik Dame und Pik König. War die Karte auf dem Tisch das Pik As, so hatte er alles. War sie es nicht, dann hat er maximal einen Straight, wenn eine Neun oder ein anderes As aufgedeckt wurde.

Anastasias Blick hatte einen spöttischen Glanz. Um den Tisch herum hatte sich eine Traube von Zuschauern gebildet. Die weiß behandschuhte Hand des Croupiers griff nach der Karte, dreht sie um. Karo Sieben. Zeit für den Showdown. Jon legte seine Karten auf den Tisch.

„High Card. As", meldete der Croupier.

Anastasia drehte ihre Karten offen auf den Tisch und ein Raunen ging durch die Menge. Karo Neun und Herz Dame. Sie hatte einen Straight – schon seit der Turn auf dem Tisch lag. Jon ließ sich in den Sitz zurücksinken und die Arme an den Seiten baumeln.

„Ich steige aus", hörte er seine Gegenspielerin sagen. Zumindest hatte er noch immer einen kleinen Stapel Chips vor sich liegen.

Jon wollte sich frischmachen gehen. Anastasia zeigte ihm mit einer unauffälligen Geste, dass sie Verrat nicht tolerieren würde. Der Kanadier hatte nichts dergleichen vor. Er ging in den Toilettenraum und wusch sich den Schweiß vom Gesicht. Als er aufblickte, stand der Araber, Mr. Qasim, direkt hinter ihm. Ohne ein Wort oder eine Miene zu verziehen, warf dieser Jon eine Drahtschlinge um den Hals und zog an Griffen, die an den Enden angebracht waren.

Jon riss seine Hände hoch und brachte sie zwischen Hals und Garotte, bevor diese ganz zugezogen war. Der Draht schnitt ihm in die Haut. Ein Tritt nach hinten war wirkungslos, sein Angreifer hatte bereits zwei Schritte zurück getan. Bevor er ganz zu Fall geriet, stieß sich Jon vom Boden ab und rammte seinen Kopf unter das Kinn des Arabers. Beide Männer gingen zu Boden, Jon auf seinem Gegner. Er stieß seinen Ellenbogen dorthin, wo der den Rippenbogen des Attentäters vermutete, verfehlte und traf den harten, gekachelten Boden. Der Mann wand sich von ihm weg, stieß Jon von sich herunter. Sie lagen auf der Seite, Jon mit dem Rücken zu dem Attentäter. Der Zug an den Enden der Drahtschlinge wurde wieder stärker.

Jon spürte, wie sich die Garotte in Hals und Hände schnitt. Er konnte nicht mehr atmen. Sein Blickfeld verschwamm, verengte sich. Plötzlich spürte er den Mann hinter seinem Rücken zucken. Mehrere Rucke gingen durch den Angreifer, die Schlinge löste sich. Jon japste nach Luft, rollte über den Bauch von dem Mann weg, blieb auf dem Rücken liegen. Er blinzelte in das Streulicht der edlen Wandleuchten. Dann schaute er sich um.

Der Araber lag in einer Lache seines eigenen Blutes. Über ihm kniete Elena Oikonomou, in der Hand ein kleines Messer mit Perlmuttgriff. Es war offenbar Teil ihrer Brosche gewesen. „Wir brauchen Sie noch, Jon", sagte sie etwas außer Atem.

Die Rötung ihrer Wangen, das leichte Durcheinander ihrer hochgesteckten braunen Locken und die Blutspritzer auf ihrem weißen Kleid gefielen Jon schon fast. Sie ging zum Spiegel, begutachtete die Flecken auf ihrem Kleid, verzog kurz das Gesicht, richtete dann ihre Stola so, dass das Blut weitgehend bedeckt wurde. „Sie sollten hier rauskommen, bevor jemand den hier findet.“

Mit diesen Worten drehte sie sich um und ihr schmaler aber wohlgeformter Hintern verließ den Raum.

Die Schwarze Auktion sollte pünktlich um zehn Uhr abends beginnen. Jon war aus der Toilette gewankt und Phil hatte ihn schnell in Empfang genommen. Die beiden waren auf ihr gemeinsames Zimmer gegangen, wo Jon kurz erzählt hatte, was vorgefallen war. Phil hatte ihm geholfen, seinen Kragen etwas höher zu schließen, um die feurigen Würgemale um Jons Hals etwas zu kaschieren. Nachdem sich die beiden Freunde zusammen einen Whiskey aus der Minibar genehmigt hatten, waren sie zurück runter auf das Parkett des Casinos gegangen. In einer halben Stunde sollte es losgehen.

Es war halb zehn. Auf der Bühne führte noch ein Magier eine Show auf. The Great Sulakshna war ein Mann mittleren Alters, augenscheinlich Inder mit buschigem Bart, buntem Gewand und einem gewaltigen Turban mit einem Edelstein über der Stirn, hinter dem eine Pfauenfeder hervorragte.

„Und jetzt", sagte der Bühnenmagier, während Jon und Phil sich wieder an ihren Tisch zu den beiden Amerikanern und den beiden Griechinnen setzten. Elena hatte sich ein neues Kleid angezogen – ebenfalls weiß, noch etwas enger und an den Beinen hoch eingeschnitten, dafür ohne tiefen Ausschnitt.

„Jetzt werde ich mit dem Reich der Toten in Kontakt treten. Wir brauchen eine Freiwillige... Dame! Ja, eine Dame bitte." Der Magier ließ seinen Blick über das Publikum schweifen. „Sie! Ja Sie!" Er winkte zu Anastasia. Deren Maske erotisch-überlegener Distanzierung kam für den Bruchteil einer Sekunde ins Wanken, fing sich dann wieder. Sie stand auf, und ging, gefolgt von mindestens zweihundert Augenpaaren, zur Bühne. Sulakshna bot ihr seine Hand, um ihr auf die Plattform zu helfen.

„Sie haben eine besondere Verbindung zu jemandem im Jenseits, nicht wahr, Miss...“

„Oikonomou.“

„Oikonomou! Ja, ich spüre das. Kommen Sie hier herüber zu meinem Tisch. Ja. Hier, dieser Juwel hat einst dem Maharadscha von Jainapur gehört und wurde ihm von einem weisen Jogi geschenkt. Der Maharadscha wollte damit mit seiner Mutter in Kontakt treten konnte, die bei seiner Geburt verstorben war. Der Herrscher hatte eine große Belohnung ausgerufen für denjenigen, der ihn mit seiner Mutter sprechen lassen konnte und hatte bereits die Hoffnung aufgegeben. Aber dann kam der Jogi aus den Bergen.“

„Der Jogi war ein weiser Mann, der seit fünf Jahrzehnten nichts am Leibe getragen hatte, als einen Rock, den er aus seinem eigenen Haar geflochten hatte. Er konnte beim Meditieren schweben und mit geschlossenen Augen sehen. Nach Jahrzehnten der Meditation hatte er diesen Edelstein aus der Luft manifestiert – nur mit der Kraft seiner Gedanken. Ich selbst habe bei einem der Schüler dieses Jogis gelernt, seine Kräfte zu nutzen – dafür habe ich drei Jahre in Askese gelebt und über den Stein meditiert. Und heute Abend soll er uns helfen, für Sie mit dem Reich der Toten in Kontakt zu treten.“

Der Mann redete weiter, ließ aber seinen Blick dabei keinen Moment von Anastasias Gesicht weichen. Er begann, ihr Fragen zu stellen und, da war sich Jon sicher, jedes Zucken einer Wimper als Information abzulegen und später zu verwenden. Dann legte der Magier die Hände seiner Freiwilligen Assistentin auf den Juwel und seine darüber, sah ihr ins Gesicht und begann, Dinge aus ihrem Leben zu erraten. Und Anastasias Gesicht versteinerte mit jeder Nachfrage und Aussage des bärtigen Mannes ein Stück mehr.

„Der Tote ist ein Mann. Kein Verwandter. Ein... Ein verflossener Liebhaber. Aber. Aber er hat Sie nur als hübsches Kind gesehen. Es tut ihm nicht leid. Er... Er spricht mit Akzent. Deutsch... Nein, Österreicher. Er... Er hatte Kinder. Aber diese Kinder sind ebenfalls gestorben. Zwei Mädchen, ja. Erwachsene Frauen waren sie. Fast. Aber dann. Dann...“

Anastasia Oikonomou stand auf. „Das ist genug.“

Sulakshna blinzelte, als ob er aus einer Trance erwacht war, brach zu keinem Moment seinen Charakter. „Für das Publikum: Stimmten die Dinge, die ich gesagt habe?“

Die griechische Schönheit sah über das Publikum hinweg. „Ja. Ja, es stimmte.“ Dann stieg sie ohne Hilfe die Bühne wieder herab und kam zurück an ihren Platz.

„Einen Applaus für Miss Oikonomou!“, rief Sulakshna noch und aus dem Saal kam höfliches Klatschen.

Sobald Anastasia wieder neben ihrer Tochter saß, tuschelten die beiden Frauen. Jon konnte nicht hören, was sie sagten. Er registrierte nur, dass es Griechisch war, das sie miteinander sprachen. The Great Sulakshna führte in der Folge noch einige einfachere Tricks durch: Er schluckte ein Schwert, ließ Dinge verschwinden und wieder auftauchen und zauberte dann noch Spielkarten in beliebige Reihenfolgen, während er sie scheinbar durchmischte. Schließlich wurde er mit einem Applaus entlassen und nahm, zu Jons und Phils Überraschung an einem der Tische Platz, um der Auktion beizuwohnen. Er war offenbar auch einer der potentiellen Bieter für das, was es heute Abend zu erwerben gab.

Der Auktionator betrat die Bühne, nachdem diese von einem Duo in Hoteluniformen leergeräumt war. Das Licht im Saal wurde gedämmt, ein Scheinwerfer erhellte den hageren, grauhaarige Mann im exakt sitzenden grauen Smoking mit roter Krawatte. „Meine Damen und Herren, willkommen bei der Schwarzen Auktion am 13. Oktober 1924", eröffnete dieser. „Das Konzil hat wieder einmal dafür gesorgt, dass wir spannende, wertvolle, seltsame und vor allem einzigartige Dinge haben, auf welche Sie heute Nacht bieten werden. Jeder von Ihnen hat eines davon beigesteuert, Sie wissen, welche exklusive Ehre Ihnen zuteil wird, heute hier zu sein. Dieses Jahr haben wir das Vorgeplänkel mit einer neuen Variante des Kartenspiels aus der ebenfalls Neuen Welt versehen, wir hoffen, Sie haben sie genossen. Die Regeln sind einfach: Sie dürfen jeder bis zu zehntausend Pfund Sterling plus Ihre Gewinne aus dem Pokerspiel auf die Artefakte und Konzepte dieser Auktion bieten. Haben Sie Ihr Budget verbraucht, verbleiben Sie als Zuschauer. Haben Sie im Poker verloren, bleiben Ihnen besagte zehntausend Pfund Sterling Grundbetrag. Sind zwei Gebote gleich, können Sie ein Wettspiel Ihrer Wahl zur Entscheidung bringen – vom Roulette über das Kartenspiel bis hin zum Duell bis aufs erste Blut. Aber nun will ich die Sache eröffnen mit Lot 1."

Es war so weit: Der geheimnisvolle Vorgang der Schwarzen Auktion hatte begonnen. Jon und Phil blickten beide wie gebannt auf die Bühne. Im Dunkel hinter dem Auktionator wurde eine Kiste aufgetragen. Sie war offenbar sehr schwer, acht Männer wuchteten sie an Tragestangen an ihren Platz. Dann hoben sie den Deckel ab und ein Scheinwerfer erhellte das erste Objekt, das zur Versteigerung stehen würde. Es war ein fast mannshoher Tonkrug, der zumindest auf den ersten Blick, sehr alt war.

Der Auktionator ließ seine Helfer einen Spiegel über die Oberseite halten, sodass das Publikum hineinsehen konnte. Der Krug war mit einer bernsteinfarbenen Masse oder Flüssigkeit gefüllt, in der Haare zu sehen waren. „Eine mellifizierte Mumie, die bei der Seagrimm-Expedition im Sinai in einer Höhle entdeckt wurde. Datiert auf die prä-islamische Periode, hat dieser vermutlich heilige Mann sein eigenes Ende herbeigerufen, indem er sich am Ende seines Lebens nur noch von Honig ernährt und nichts mehr getrunken hat. Sein Leichnam wurde in Honig konserviert und – so manche, könnte sogar wieder zum Leben erwachen."

Die Gebote gingen los. „Glaubst du, das ist echt?", fragte Phil Jon leise.

„Denkbar ist es. Ich habe gelesen, dass einige südostasiatischen Herrscher sich in Honig haben einbalsamieren lassen. Aber lebende Leichen..." Jon dachte an sein Abenteuer in China zurück. Aber die uralte Luft in der Gruft konnte mit wer-weiß-was versetzt gewesen sein. Klar war nur, dass Boss Pang am Ende sein eigenes Messer im Magen gehabt hatte.

Die Honigmumie ging für 7600 Pfund Sterling an einen Bieter aus der gerade in politischem Chaos stehenden Türkei. Die seltsamen Artefakte reihten sich danach aneinander. Lot 5 war für Jon interessant: Ein angeblich prä-sumerisches Dokument, geschrieben auf einer Bulle aus einfacher Keramik. Jon hätte fast ein Gebot abgegeben – selbst wenn es sich dabei vermutlich nur um die Inventurliste eines Bauern oder die Besitzurkunde über einen Sklaven handelte. Er hatte kurz die Hand angehoben, dann aber den Blick von Anastasia Oikonomou gesehen und sie wieder sinken lassen. Jemand zahlte 2900 Pfund Sterling für das Artefakt.

Lot 11 war ein stark beschädigtes Fragment eines Buchs namens Kitab al-Azif. Jon war sich sicher, dieses Buch einmal in besserem Zustand in der Bibliothek der Miskatonic

University gesehen zu haben. Dennoch bezahlte ein Gentleman aus Island 18.000 Pfund Sterling dafür.

Lot 23 war Jon und Phils Eintritt in die Auktion gewesen: Ein Beutel mit drei Samen des menschenfressenden Baums, die Jon aus Zentralafrika mitgebracht hatte. Der Auktionator verkündete die bestätigte Echtheit durch gleich zwei angesehene Doktoren der Miskatonic University, welche die Samen auf der Danger-Hanworth-Expedition eingesammelt hätten. Nah genug an der Realität war es. Die Samen brachten nur 2400 Pfund Sterling ein. Geld, das ohne Zweifel Phil gehörte, der die ganze Nummer hier finanziert hatte.

Lot 24 war das Objekt, für das Jon und Phil hier waren – und das erste, das Anastasia Oikonomou ihm zu beschaffen aufgetragen hatte. Der Schlüssel zum Mausoleum von Alois Aigner. Ein großer Schlüssel aus vergoldetem Messing, mit sechs komplizierten Bärten, die sich sternförmig von seinem Schaft abspreizten. Jon wartete auf das Eröffnungsgebot, das direkt bei 4000 Pfund Sterling ansetzte. Er durfte nicht zu viel dafür ausgeben, wollte er das geheimnisvolle Lot 85 ebenfalls erwerben. Die alte deutsche Adlige bot 4500, ein Japaner mit Nickelbrille und traditionellem Kimono 4800. Jon erhöhte auf 5000. Der Japaner bot 5600, ein nervöser Herr mit Schweizer Akzent 6000. Die Adlige sprang auf 8000. Jon setzte 9000. Der Japaner 9500. Jon 10.000 Pfund Sterling – einen Betrag, für den er hätte jahrelang arbeiten müssen. Der Japaner erhöhte auf 10.500. Jon auf 12.000. Er erwartete fast, dass die Adlige wieder die Hand heben würde – aber der Hammer des Auktionators fiel.
„Verkauft an den Herrn mit dem australischen Hut."

Jon war erleichtert. Er hatte noch mehr als die Hälfte seines Budgets übrig. Lot 29, ging gerade über den Tisch – eine mechanische Uhr namens „Ziffer a Grand Complication 1924", die sogar Jahrtausende anzeigen konnte.

Phil sprach Jon von der Seite an: „Jon, warum hast du so viel Geld übrig gelassen? Also nicht, dass ich mich beschwere. Du gibst es mir ja zurück."

„Phil, es gibt eine kleine Planänderung. Ich muss auf noch etwas bieten."

„Wie?!"

Phils Ausruf war zu laut gewesen, Jon stieß ihm in die Rippen und wartete, bis die Menschen um sie herum wieder der Auktion folgten. „Du erinnerst dich daran, dass die beiden Frauen an unserem Tisch – nicht hinsehen! – mehr sind, als sie zu sein scheinen. Dass die Tochter jemanden erstochen hat, um mich zu retten und kaum eine Miene verzogen hat?" Phil nickte kaum merklich, Jon fuhr im Flüsterton fort: „Es kann sein, dass mein Leben davon abhängt, dass ich später noch etwas ersteigere. Also vertrau mir bitte und – falls es nicht klappt, sei bereit für Gewalt. Miss Oikonomou die Ältere hat eine Waffe dabei."

Phil blickte Jon kurz an und sagte dann aus dem Mundwinkel: „Keine Sorge, nach deinem kleinen Intermezzo mit der hübschen Elena und dem Attentäter habe ich mir immerhin ein Hummermesser vom Buffet in den Ärmel gesteckt."

Lot 36 wurde ausgerufen. „Eine lebendige Spinne wirklich beachtlichen Ausmaßes, aus dem Herzen Afrikas. Für den Käufer praktisch ist, dass sie mit ihrem Terrarium gemeinsam versteigert wird."

Das Terrarium war in einen vergoldeten Vitrinenschrank eingelassen. Wenn das, was darin zu sehen war, tatsächlich eine Spinne war, so war diese so groß wie ein Spitz. Ein Raunen ging durch die Menge und mehrere Bieter legten immer höhere Gebote ab, bis das Tier samt Terrarium für 180.000 Pfund Sterling den Besitzer wechselte.

Jon und Phil steckten erneut die Köpfe zusammen, während unter anderem eine Flasche aus der Stadt Salomos und ein Attentat durch die legendäre Gilde der Assassinen unter den Hammer gingen. Bei letzterem Lot merkte Phil an, ob man damit auch ein Attentat abwenden könne – Jon hätte das schließlich nötig. Der nahm den Scherz ohne Lachen zur Kenntnis. „Dich hat heute noch keiner versucht, mit einer Garotte zu erwürgen."

„Wer den Schaden hat, spottet jeder Beschreibung, Jon."

Lot 64 war ein Automaton aus Japan. Im 17. Jahrhundert konstruiert konnte die Puppe in Form einer Frau mit Porzellankopf und Kimono mit einem Pinsel schreiben und malen, wenn man sie Aufzog. Bisher, so der Auktionator, habe der Mechanismus sieben Haiku und zwei Prosatexte geschrieben, sowie drei Landschaftsmalereien, ein Porträt und eine Landkarte angefertigt. Was der Automat noch konnte, müsste der Käufer schon herausbekommen. Phil bot mit seinem Geld mit, wurde aber mit 122.000 Pfund Sterling deutlich überboten.

Es gab, so wussten alle Gäste, nur 99 Lote auf der Schwarzen Auktion. Nummer 85, die Jon im Auftrag von Anastasia Oikonomou ersteigern musste, war also erst gegen Ende an der Reihe. Die Nacht war fortgeschritten, eben hatte Jon aufgehorcht, als ein Wort aus seiner eigenen Forschung von der Bühne kam: Jemand verkaufte eine Besitzurkunde über ein Stück Land auf dem untergegangenen Kontinent von Mu. Wie dieser Jemand es geschafft hatte, die Hintermänner der sonst recht strengen Auktion von der Echtheit dieser offensichtlichen Fälschung zu überzeugen, war ein Rätsel. Das Stück Papier ging für 1200 Pfund an einen Mann mit großem Hut aus den Südstaaten der USA.

Die Versteigerung von Lot 84 zog sich hin. Es handelte sich um einen rostigen Dolch, der angeblich bei der Ermordung von Caius Julius Caesar genutzt worden war. Jon hielt das für unmöglich, obgleich die Form der Klinge römisch sein konnte. Phil sah die Sache noch kritischer. „Woher soll dieser Dolch denn stammen? Und sieh mal, ich sehe von hier, dass er aus Stahl ist. Der müsste viel rostiger sein." Jon hörte seinem Freund nur halb zu. Der Dolch wurde für 22.400 Pfund Sterling versteigert. Nun sollte er endlich erfahren, wofür er das restliche Geld seines Budgets ausgeben sollte.

„Lot 85", kündigte der Auktionator an, „ist, wie auch einige andere Dinge, die wir hier versteigern, nicht physisch greifbar, sondern ein ideeller Wert. Wäre die Anbieterin nicht eine anerkannte Dame der höheren Gesellschaft und wäre das Angebot nicht auf freiwilliger Basis seines Subjekts gekommen, so hätte das Konzil der Aufnahme in die Auktion niemals zugestimmt. Da diese Voraussetzungen aber ebenso gegeben sind, wie die Einzigartigkeit und der große Wert des Objekts, bieten wir hier zur Versteigerung die Jungfräulichkeit von Miss Elena Oikonomou an."

Jon schluckte, während ein Scheinwerfer zwei Meter rechts von ihm Elena auf ihrem Sitzplatz erleuchtete. Das Mädchen lächelte mit einem Anflug von Schüchternheit, stand auf, drehte sich einmal um sich selber. Die Pailletten ihres weißen Kleids funkelten im Licht und in der ansonsten schummrigen Atmosphäre des Zuschauerparketts wirkte sie wie ein Engel. Sie setzte sich wieder und der Scheinwerfer erlosch, was die

Aufmerksamkeit des Saals wieder auf den Auktionator auf der Bühne richtete. „5000 Pfund!", rief jemand, noch bevor die Auktion tatsächlich eröffnet war.

Doktor Jonathan Daniel Danger hatte die Auktion gewonnen. Am Ende hatte Phil sein Budget dazugelegt, um Jon den Zuschlag zu ermöglichen. 28.000 Pfund Sterling war die Nacht mit Elena Oikonomou wert. Danach kamen noch einige andere Artefakte, auf welche Jon wenig achtete. Er beobachtete das leichte Lächeln auf den Lippen von Elena, der wissend-triumphierende Blick ihrer Mutter Anastasia, das verschlagene Grinsen in Phils Gesicht, der ihn mit dem Ellenbogen anstieß. War die Sache ernst gemeint? Er hatte das Mädchen schon einmal töten sehen und ihre Mutter hatte ihn mit einer Waffe bedroht. Was auch immer als nächstes passieren würde, Vorsicht war mehr als nur angebracht.

Es war halb zwei am Morgen, als sich die Auktion ihrem Ende zuneigte. Als letztes ging eine Kiste mit angeblichen Wrackteilen eines fliegenden Götterwagens aus Indien an einen Herrn aus den USA, den Phil als Agent des Erfinders und Industriellen Thomas Edisons identifiziert haben wollte. 33.500 Pfund Sterling. Dann wurde die Gesellschaft langsam aufgelöst.

Anastasia wandte sich an Jon: „Machen Sie sich frisch, Doktor Danger. Zimmer 304. In einer Stunde. Und bringen Sie den Schlüssel mit. Es kann eine fantastische oder eine furchtbare Nacht für Sie werden. Das liegt an Ihnen." Ein flattern ihrer dunklen Augen und sie erhob sich. Elena warf Jon einen etwas aufgesetzt wirkenden, süß-unschuldigen Blick zu und folgte ihrer Mutter. Jon und Phil blickten beiden Frauen nach, die sich mit grazilem Hüftschwung entfernten.

„Jon, nicht, dass ich es dir nicht gönnen würde aber lass dir gesagt sein: Ich hoffe, wir haben dir gerade nicht nur einen Wunsch erfüllt. Das war nämlich verdammt viel Geld", sagte Phil.

„Ich sage dir, die Mutter wollte, dass ich das ersteigere. Unter vorgehaltener Waffe. Ich habe keine Ahnung, was hier vorgeht.“

„Ich kann es mir schon denken“, Phil legte die sonst fast konstante, schelmenhafte Unbeschwertheit für einen Augenblick ab. „Jon, wer hier bieten will, muss selber etwas Einzigartiges mitbringen. Wenn Miss Oikonomou hier also herkommen wollte, brauchte sie etwas als Angebot. Ihre Tochter, Jon. Das war ihr Ticket. Und die Schulden, die man hier macht, begleicht man auch. Vielleicht bist du einfach Elenas erste Wahl unter den hier Anwesenden gewesen.“

Sie waren auf dem Weg zu ihrem Zimmer im zweiten Stock. „Sie will den Schlüssel, Phil. Den können wir ihr nicht geben. Wir müssen selber in das Mausoleum.“

„Jon. Vielleicht vögelst du erstmal ihre Tochter und siehst dann weiter.“

„Phil, das ist kein Witz. Wir sind hergekommen, um uns Zugang zu Aigners Mausoleum zu verschaffen. Da drin könnten Antworten liegen, die zu weiteren Artefakten aus Mu führen. Dinge, die älter sind als alles, was wir kennen – und die selbst heutige Forscher nicht erklären können.“

„Das mag sein, Jon. Aber auf dem Weg dahin etwas Spaß zu haben solltest du dir gönnen.“

„Das löst das Problem nicht, dass Anastasia Oikonomou den Schlüssel will und mich zu töten plant, wenn ich ihr nicht gehorche.“

„Soll ich als dein Sekundant mitkommen? Vielleicht kann ich die Mutter beschäftigen, während du mit der Tochter...“

„Halt die Klappe, Phil.“

Jon ließ sich ein Bad ein, während Phil über das moderne Haustelefon dafür sorge, dass ein Concierge ihre für die Auktion beschlagnahmten Waffen zu ihnen brachte. Jon hatte den Schlüssel in einer Holzschatulle ausgehändigt bekommen, die auf dem Nachttisch seines Betts stand. Nachdem er sich gründlich gewaschen hatte, zog er sich wieder seinen dreiteiligen Anzug an. Phil hatte indes ihre Ausrüstung in Empfang genommen und lud seine Waffe durch: Die schwere, vierläufige Lancaster-Pistole war dafür gemacht, selbst einen Tiger mit einem Schuss zu stoppen. Laut Phil hatte bereits sein Vater die Waffe geführt und eben dies in Indien einmal tun müssen. Er fütterte die absurd großen Patronen in ihre Kammern und schloss die Waffe dann. Weitere Munition steckte er in seine Taschen, für die Waffe selbst hatte er ein Schulterholster unter seinem Jackett. Jon hatte lediglich sein ausklappbares Taschenmesser nach Monaco mitgebracht. Das verstaute er in seinem Schuh. Dann klopfte es an der Tür.

Jon öffnete einen Spalt weit. Im Flur stand der blasse Schweizer, der auf den Schlüssel mitgeboten hatte. „Doktor Danger, richtig?"

„Wer will das wissen?"

„Ziffer, mein Name. Wie die Uhr, die heute versteigert wurde. Sie ist von mir." Der Mann blickte etwas schüchtern zu Boden. „Doktor Danger, Sie haben den Schlüssel zum Aigner-Mausoleum ersteigert."

„Richtig. Und er ist nicht verkäuflich, falls Sie deshalb hier sind."

„Nein nein, ich habe gar nicht das Geld. Darf ich reinkommen? Mein Anliegen ist durchaus in Ihrem Interesse."

„Aber machen Sie es kurz. Ich habe noch eine Verabredung."

Jon ließ Ziffer ins Zimmer kommen und schloss die Tür hinter dem Mann. Dieser war klein, dürr und blass, sah kränklich aus, obwohl er noch keine 30 sein mochte. Gekleidet war er in einen etwas fadenscheinigen grauen Anzug. Auf der

Nase trug er eine Nickelbrille. Phil blickte fragend, Jon bot Ziffer einen Stuhl an und schenkte allen drei Anwesenden einen Whiskey ein.

Ziffer saß zwischen Phil und Jon und blickte sie an. „Ich will mich erst einmal vorstellen. Samuel Ziffer. Ich bin Uhrmacher und mein Meisterstück sollte die Ziffer a Grand Complication 1924 werden. Eine Uhr für die Ewigkeit – mit einer Anzeige für Jahrtausende!" Leben trat in die Augen des Schweizers, als er von seinem Werk erzählte. „Nun weiß ich aber, dass dieses Meisterstück mein Letztes sein soll. Der Mechanismus ist für die Ewigkeit aber mein Körper ist es nicht. Ich bin krank, habe nicht mehr viel Zeit."

Ziffer sah nicht nur kränklich aus, er war es. Die Ärzte gaben ihm maximal zwei Jahre. Er hatte sein bescheidenes Vermögen zusammengerafft und seine Uhr genommen, um in die Schwarze Auktion zu kommen. Es war ein Schuss ins Blaue gewesen aber er wollte, bevor er starb, das Mechanische Mausoleum des Alois Aigner sehen. „Sechs der größten Uhrmacher unserer Zeit haben daran gearbeitet. Und Ingenieure aus den Vereinigten Staaten. Maschinen. Mechanismen. Aigner wollte den Tod damit austricksen. Ich will sehen, was er erreicht hat. Koste es, was es wolle. Geld habe ich nicht genug. Aber ich kann Ihnen helfen. Was auch immer Sie in diesem Bauwerk wollen: Sie brauchen einen Uhrmacher. Jemanden, der sich mit Zahnrädern, Mechanismen und Werken auskennt. Nehmen Sie mich mit, Sie werden es nicht bereuen!"

Jon und Phil blickten einander an. „Warum eigentlich nicht?", Fragte Phil. „Einen Experten können wir mit Sicherheit brauchen. Jon?"

„Nun gut. Wir reisen morgen um 10:00 am Bahnhof ab. Seien Sie dort und bringen Sie Ihr Werkzeug mit.“

Ziffers Augen leuchteten auf. „Danke, danke! Sie wissen nicht, was es mir... Sie werden es nicht bereuen.“

Phil war aufgestanden und hatte angefangen, den Uhrmacher in Richtung Tür zu bugsieren. „Richtig. Gleis 2. Kommen Sie oder verpassen Sie Ihre Chance. Wir haben jetzt noch etwas zu erledigen.“ Ein Grinsen in Richtung Jon, dann schloss er die Tür hinter dem Schweizer.

Jon ging den Flur des Hotels entlang. Phil folgte mit zwölf Schritt Abstand. Sein Freund hatte darauf bestanden, mitzukommen. Er plante, am Ende des Flurs zu warten. Sollte es im Zimmer der Oikonomous Ärger geben, wollte er sofort zur Stelle sein und eventuell benötigte Feuerkraft mitbringen. Außerdem, fand Phil, könnte er Jon so auch den Rücken freihalten, falls wieder einmal Assassinen auftauchen sollten. Jon hatte vom Concierge einen Strauß Blumen bringen lassen, den er gemeinsam mit der hölzernen Schatulle mit dem Schlüssel bei sich trug.

Unterwegs begegneten sie dem Bühnenmagier Sulakshna. Der Mann hatte seinen Turban noch immer auf dem Kopf, nahm seine Rolle als mystischer Inder offenbar sehr ernst. Er nickte Jon zu, als die beiden im Treppenhaus aneinander vorbeigingen. Dann erreichte Jon den dritten Stock. Er folgte dem Flur bis zu Zimmer 304 und blieb davor kurz stehen, richtete seine Krawatte. Dann klopfte er an die Zimmertür.

Es war Elena, die öffnete. Das Mädchen trug ein langes weißes, halb durchsichtiges Nachthemd, unter dem sich im Schummerlicht der gedimmten Beleuchtung ihre apfelgroßen Brüste erahnen ließen. „Kommen Sie, Doktor Danger.“

„Nenn mich Jon.“

„Kommen Sie, Jon."

„Ich habe Blumen für Sie. Ich dachte, das wäre angemessen." Tatsächlich lächelte Elena wie die Unschuld selbst und Jon hätte ihr dies fast abgenommen, hätte er sie nicht vor wenigen Stunden mit einem blutigen Messer in der Hand gesehen. Er betrat den Raum und Elena schloss die Tür hinter ihnen.

Anastasia stand, noch immer in ihrem Abendkleid, ein Stück abseits im Raum. „Sie haben den Schlüssel." Es war keine Frage, sondern eine Feststellung. Sie nahm Jon die Schatulle und die Blumen ab, stellte letztere in eine Vase auf dem Tisch neben der Tür. Dann stand sie plötzlich neben ihm, begann, ihm das Jackett auszuziehen. Elena zog Jon an der Krawatte hinter sich her zum Bett, trippelte die letzten drei Schritte rückwärts und setzte sich dann hin. Anastasia hatte Jon das Jackett abgenommen und stand direkt hinter ihm. Er spürte ihren Atem auf seinem Hals, das Kitzeln ihres Haars, ihre Hände, als sie um ihn herum griff und begann, ihm den Schlips zu lösen. Gleichzeitig hatte Elena damit begonnen, seinen Gürtel zu öffnen.

Elena mochte Jungfrau sein – unerfahren war sie nicht. Während die Hände Anastasias über Jons Brust strichen, öffnete ihre Tochter dessen Hose und befreite sein inzwischen steinhartes Glied. Sie warf Jon einen verführerisch-verschwörerischen Blick zu, griff dann seinen Penis und nahm ihn ohne lange zu zögern in den Mund. Jon spürte ihre Zunge, leicht auch ihre Zähne, während sie ihren Kopf hin und her drehte und mit ihrer Hand den Schaft seiner Männlichkeit rieb. Er atmete schwer, wollte seine Hände auf ihr Haar legen, da hielt ihn Anastasia zurück. „Elena, übertreibe es nicht. Unser Gast muss sich auch selbst ein wenig ins Zeug legen." Das Mädchen ließ von Jons Penis ab, stand vom Bett auf.

Beide Frauen schoben Jon auf das Bett. Der ließ sich auf den Rücken fallen. Elena stieg unter ihrem Nachthemd unterdessen aus ihrem Höschen. Dann stieg sie über Jon auf das Bett, mit gespreizten Beinen über ihm und setzte sich direkt auf sein Gesicht. Jon hatte seinen Mund geöffnet, empfing ihre Scheide mit seiner Zunge. Das Mädchen griff seine Haare, ritt ihn. Jon spürte, dass eine Hand sein Glied bearbeitete – nicht schnell, sondern in gezielter Massage, ohne ihn zu nahe an einen Höhepunkt zu bringen. Jon leckte Elena, setzte Lippen und Kinn ein. Das Mädchen begann, hell zu stöhnen, schließlich presste sie ihre Schenkel an seine Wangen, zitterte, krallte seinen Haarschopf.

Anastasia sagte etwas auf Griechisch, das Jon nicht verstand. Das Mädchen auf ihm kletterte behände ein Stück zurück. Sie beugte sich über ihn, ihre Haare kitzelten sein Gesicht. Ein Kuss, erst zart und vorsichtig, dann mit Zunge.

Jon spürte Anastasia Hand an der Wurzel seines Glieds, als Elena darauf stieg. Sie zögerte, sah Jon in die Augen – das dunkle Braun ihres Blicks glänzte. Dann ließ sich vorsichtig herabsinken. Erst ein Stück, er spürte Widerstand. Dann ein Ruck und er drang den Rest in sie ein, war in ihr. Sie seufzte, er ebenfalls. Jon bewegte seine Hüften, Elena gab ein helles Stöhnen von sich, begann dann aber, ihre Hüften mit den seinen zu bewegen. Das Mädchen beugte sich über ihn. Kastanienfarbene Locken fielen Jon ins Gesicht. Sie schob ihre Haare beiseite, griff sie mit der linken Hand zu einem Bündel über ihrem Kopf, während sie sich mit der Rechten auf Jons Brust abstützte. Dann beugte sie sich zu ihm herunter und gab ihm einen innigen Kuss.

Jon war kurz vor dem Höhepunkt als Anastasia ihrer Tochter auf die Schulter tippte. Diese seufzte noch einmal rollte von ihrem Liebhaber herunter. Noch bevor Jon etwas hätte tun können, nahm Anastasia sein Glied in den Mund, griff seinen Hoden mit der linken Hand und bearbeitete ihn mit einer Inbrunst, die er noch nie erlebt hatte. Gleichzeitig gab ihm Anastasia, neben ihm liegend und seine Brust mit ihrer zarten Hand streichelnd, einen weiteren innigen Kuss. Jon explodierte in Anastasias Mund. Die ließ ihn noch ein wenig zucken, schluckte dann einmal und kroch dann hoch auf Jons rechte Seite. Beide Frauen schmiegten sich an ihn. Jon realisierte, dass Elenas letzter Kuss einen leicht bitteren Geschmack in seinem Mund hinterlassen hatte. Dann wurde die Welt schwarz.

Ein lauter Knall riss Jon aus seinem Dämmerzustand. Schüsse. Es fielen Schüsse. Er rappelte sich auf, ließ seinen Blick durch das Hotelzimmer schweifen. Von Elena und Anastasia war keine Spur. „Nicht schon wieder", murmelte er und suchte seine Kleidung. Jemand hatte sie ordentlich auf den Stuhl neben dem Bett gehängt. Er zog sich Hose und Hemd an, warf sich das Jackett über und ignorierte die Krawatte. Draußen im Flur hämmerte plötzlich eine Automatikwaffe. Beunruhigend nah. Schreie gellten durch das Casino-Hotel. Trampelnde Schritte. Ein lauter, dumpfer Knall. Noch einer. Dann brach die Tür nach innen aus den Angeln und Phil fiel in den Raum, seine schwere Lancaster in der Hand.

„Scheiße, Jon!" Es war selten, dass Phil fluchte. Er hatte seine Waffe aufgeschwungen und war gerade damit beschäftigt, vier neue Patronen in die Läufe zu füttern. „Pass auf die Tür auf! Die Kerle haben ein Maschinengewehr oder sowas!"

Jon nahm den Blumenstrauß aus der Vase und hielt ihn in einer schnellen Bewegung in den Flur. Eine Salve aus drei oder vier Schüssen hämmerte danach, eine Kugel riss einen Teil der Blumen auseinander. „Klingt wie ein Browning", sagte Jon, jetzt hellwach. Von der anderen Seite her peitschten weitere Schüsse, die allerdings nicht den Blumen gelten konnten.

„Wer sind die Kerle, und was geht da vor, Phil?"

„Die beiden Amerikaner, die bei uns am Tisch saßen? Definitiv Geheimdienst, Jon. Und die andere Seite? Die sind Chinesen, glaube ich. Scheiße, wo sind die beiden Frauen hin?"

„Keine Ahnung. Du wolltest doch Wache halten. Wie spät ist es?"

„Neun. Wir müssen eigentlich langsam los und unseren Zug bekommen."

„Verdammt. Was ist mit dem Fenster?" Jon ging zu den großen Fenstern. Draußen war es bereits hell, als er die schweren Vorhänge zur Seite zog. Phil hatte sich ein Stück weiter im Raum auf Knien postiert und seine Waffe mit einem doppelhändigen Griff auf die Tür gerichtet.

„Wer auch immer hier hereinkommt, fängt sich eine gottverdammte 577er Dum-Dum ein!", brüllte er in den Flur hinaus. Schüsse peitschten erneut von links an der Tür vorbei, beantwortet durch eine kurze Salve aus dem leichten Browning-MG.

„Ich habe angeordnet, unsere Sachen in den Daimler zu verladen, Jon. Wenn wir es zur Garage schaffen, können wir direkt zum Bahnhof", sagte Phil.

„Gut", erwiderte Jon, der gerade dabei war, Vorhänge aneinanderzuknoten. „Wir werden versuchen müssen, ohne

Schlüssel ins Mausoleum zu kommen. Vielleicht kann dieser Ziffer helfen." Er band die dicken Stoffbahnen an den Heizkörper unter dem Fenster und öffnete dieses dann.

Die Schießerei im Flur flammte erneut auf. Ein langer, gellender Schrei von der linken Seite des Flures war nach der letzten Salve des Maschinengewehrs zu hören. Dann ein Schuss aus ebendieser Richtung, der den Verletzten abrupt zum Verstummen brachte. „Die meinen es ernst, Phil", sagte Jon, als er das provisorische Seilbündel aus dem Fenster warf.
„Gehen wir", antwortete Phil.

Jon stieg aus dem Fenster, Phil deckte weiterhin die Tür mit seiner Waffe. Er ließ sich den Vorhang hinuntergleiten, hätte am Knoten zum nächsten Vorhang beinahe den Halt verloren. Er rutschte weiter in die Tiefe. Drei Meter über den Büschen des Casinogartens endete das provisorische Seil und er fiel das letzte Stück. Er landete einigermaßen weich, rappelte sich auf und sah, dass Phil ihm bereits folgte. Ein Gärtner sah ihn irritiert an. Zum Glück war wenigstens in den Fenstern des Erdgeschosses niemand zu sehen – die Spielhalle war um diese Zeit noch geschlossen. Phil landete neben Jon auf dem Boden. Erneut krachten Schüsse durch das Casinogebäude. Die beiden Männer liefen über den Platz in Richtung der Garagen.

Der Daimler war ein Mietwagen, den Phil bei ihrer Ankunft in Monaco besorgt hatte. Ein Stück luxuriöser deutscher Automobiltechnologie, offen und mit aufgeschnalltem Kofferraum. Phil sprang hinein, Jon kurbelte vorne den Motor an. Während sie aus dem offenen Tor des Casinos fuhren, kamen ihnen mehrere Gruppen bewaffneter Polizisten entgegen. Deren Aufmerksamkeit galt allerdings

dem Gebäude. Phil lenkte den Wagen auf die Straße und
schlug den Weg in Richtung Bahnhof ein.

dem Gebäude. Phil lenkte den Wagen auf die Straße und
schlug den Weg in Richtung Bahnhof ein.

Es war kein weiter Weg zum Bahnhof von Monte Carlo. Phil fuhr den Daimler an der Promenade entlang und Jon nutzte den frischen Wind, um richtig wach zu werden. „Die müssen mir irgendetwas eingeflößt haben."

„Haben sich meine 28 Mille denn wenigstens gelohnt?"

„Haben sie. Aber die Frauen haben den Schlüssel. Sie müssen auch ins Mausoleum wollen." „Schneller als wir können sie kaum hinkommen, wenn wir unseren Zug nehmen", sagte Phil. „Wir sind morgen Nachmittag in Wien."

Der Bahnhof war nicht groß. Jon und Phil stellten den Wagen auf einen Kutschenparkplatz. Phil klärte kurz mit einem jungen Mann, wo der Wagen abzugeben sei, während Jon das Gepäck aus dem Kofferraum holte. Es war nicht viel: Phils Koffer und ein Rucksack, den Jon in Kairo gekauft hatte. Dann gingen die beiden durch die kleine Schalterhalle zum Bahnsteig.

Samuel Ziffer sah aus, als hätte er die Nacht auf der Bank verbracht, auf welcher er, nur mit einem kleinen Koffer ausgestattet, auf Jon und Phil gewartet hatte. Er verneinte dies allerdings, er sei erst vor einer halben Stunde angekommen, das wisse er genau, da er bei seiner Ankunft die Stoppfunktion seiner Uhr angestellt hatte. Sie bestiegen den Waggon, der auf ihren Fahrkarten ausgeschrieben war – Jon und Phil hatten reservierte Plätze und Ziffer würde ein Ticket im Zug lösen müssen.

In ihrem Abteil angekommen begann Ziffer über das Mausoleum zu sprechen, während sich der Zug in Richtung Österreich in Bewegung setzte. „Aigner war besessen von der Unsterblichkeit und von mechanischen Rätseln. Er hat ein Vermögen ausgegeben, um dieses Mausoleum zu bauen, nachdem seine Töchter kurz hintereinander an Schwindsucht gestorben sind. Angeblich wurde traditionelles Uhrhandwerk in nie dagewesener Komplexität mit moderner Technik verbunden, um eine Stätte zu schaffen, die ein eigenes Leben in sich führt. Meine Kollegen munkelten nur darüber – die Uhrmacher waren zur Verschwiegenheit verpflichtet worden und haben sich zeitlebens daran gehalten. Leben tut von denen ohnehin nur noch einer."

Jon und Phil hörten ihm aufmerksam zu. Schließlich sagte Jon: „Herr Ziffer. Glauben Sie, Sie können uns helfen, das Mausoleum ohne den Schlüssel zu öffnen?"

Ziffer sah Jon überrascht an. „Wie meinen Sie das? Sie haben den Schlüssel doch gestern Nacht ersteigert."

„Er wurde uns gestohlen. Erinnern Sie sich an die beiden Damen, die bei uns am Tisch saßen?"

„Oh ja, ich denke an die erinnert sich jeder, der gestern im Saal war. Haben Sie nicht..."

„Ja, das habe ich. Und nun haben wir den Schlüssel nicht mehr."

„Das hätten Sie sagen sollen. Nein, ich kann das Mausoleum nicht ohne den Schlüssel öffnen. Der Mann, der die Türen und ihre Schlösser gebaut hat, hat sonst die sichersten Tresore der Schweizer Banken ausgestattet."

„Aber vielleicht gibt es trotzdem noch Hoffnung: Miss Oikonomou und ihre Tochter sind –zusammen mit diesem indischen Magier – an Bord dieses Zuges."

„Was?"

„Ja, sie sind keine zehn Minuten vor Ihnen beiden angekommen und eingestiegen. Vorletzter Wagen. Vielleicht kann man sich mit ihnen einigen. Gemeinsame Sache machen oder so?"

Jon und Phil sahen einander an. Phils Hand fuhr testend zu der unter seinem Jackett verborgenen schweren Pistole.

„Wir sollten den Damen einmal einen Besuch in ihrem Abteil erstatten.“

„Das sollten wir“, antwortete Jon.

„Ziffer, Sie bleiben hier. Phil: Keine Gewalt, wenn sie nicht nötig ist. Ziffer hat recht: Vielleicht können wir das Ganze zivilisiert klären. Was auch immer die aus dem Mausoleum wollen: Wir brauchen nur das Expeditionstagebuch.“

Der Schaffner, dem Phil und Jon einen Wagen weiter begegnete, konnte sich selbstverständlich an zwei unglaublich attraktive Frauen und einen Inder mit Turban erinnern, drei Wagen weiter hinten. Die beiden gaben vor, nach Freunden zu suchen und gingen weiter den Zug entlang.

„Was hat dieser Sulakshna mit der Sache zu tun?“, wollte Phil wissen.

„Ich habe keine Ahnung. Er ist eine große Unbekannte. Wir wissen, dass die beiden Frauen gefährlich sind. Aber er... Keine Ahnung. Es würde jedenfalls erklären, warum er angeblich mit einem Toten reden konnte, der Miss Oikonomou kannte: Sie steckten unter einer Decke.“

Sie senkten die Stimmen, da sie den Waggon erreicht hatten, in dem sich die beiden Diebinnen und der Inder befanden. Phil zückte seine Waffe, um sie dann locker unter dem Jackett zu verstecken. Jon öffnete die Schiebetüre des Abteils und trat direkt einen schnellen Schritt hinein. Linker Hand, also in Fahrtrichtung, saßen Elena und Anastasia auf der mit grünem Leder beschlagenen Sitzbank. Rechter Hand, ihnen gegenüber, saß der große Sulakshna. Die beiden Frauen hatten ihre sich in modisch-leichte Reisekleidung geworfen, der Magier trug den gleichen Anzug wie am Vorabend, komplett mit rotem Turban und dem angeblich magischen Edelstein darauf.

Bevor irgendwer im Abteil reagieren konnte, setzte sich Jon neben den Inder. Phil schob sich hinterher und setzte sich daneben, zog die Tür zu. „Hallo die Damen. Nein, Miss Oikonomou, lassen Sie die Waffe bitte im Strumpfband, wir wollen erst einmal nur mit Ihnen reden", sagte Jon schnell. Anastasia Oikonomou ließ sich in ihren Sitz sinken, Elenas Hand wich von ihrer Brosche, die sie dieses Mal an einem beigen Jackett trug.

Anastasia ergriff das Wort: „Wenn es wegen des Geldes für den Schlüssel ist: Meinetwegen können Sie es wiederhaben. Was haben Sie noch gleich bezahlt? 12.000? Elena, die Männer wollen das Geld."

„Nein, wollen wir nicht", sagte Jon. „Wir wollen den Schlüssel."

„Ich habe Ihnen gesagt, dass ich den Schlüssel haben will, ohne dass er auf mich zurückverfolgbar ist", sagte Anastasia. „Was ist daran so schwer zu verstehen?"

„Sie waren auch wegen des Schlüssels da", meldete sich plötzlich Sulakshna mit seinem starken Akzent. „Doktor Danger, Mr. Wentworth-Ganterbury, Sie wollen auch etwas vom lange verstorbenen Alois Aigner." Alle blickten den Bühnenmagier an. Der sah sie unter buschigen Augenbrauen der Reihe nach an. „Meine Damen, meine Herren, ich denke, wir haben ein gemeinsames Interesse. Nun sollten wir die Karten auf den Tisch legen und aushandeln, wie wir die Sache gemeinsam lösen können."

„Wir wollen das Expeditionstagebuch Aigners", sagte Phil. „Nicht mehr und nicht weniger."

„Außer, es befinden sich Artefakte dieser Machart im Mausoleum", warf Jon ein und zeigte der Gruppe im Abteil kurz die Linse aus Abessinien. „Alles aus diesem Material ist für uns von Interesse. Und Schriftstücke in einer Sprache, die wir Mu II nennen. Alles andere... Was genau wollen Sie dort finden?"

„Ich will Rache finden, Doktor Danger", sagte Anastasia und bekam ein gefährlich wütendes Funkeln in ihren dunklen Augen. „Ich will Alois Grab schänden. Ich will auf seinen Schädel spucken. Ich will sein Vermächtnis in Flammen sehen. Ich will seinen Lieblingsrubin nehmen, den er mir einst versprochen hat. Und ich will, dass er das alles sieht. Ob als Geist in seiner Maschine oder durch ihn", ein Nicken in Richtung des großen Sulakshna.

Der hob die Augenbrauen. „Ich will einmal mehr den Kontakt zum Totenreich herstellen. Die Nachricht, die ich dabei überbringe, ist mir als Botschafter zwischen den Lebenden und Toten nicht wichtig."

„Er will 10.000 Pfund Sterling", sagte Elena. Sulakshna verdrehte eingeschnappt den Kopf, widersprach aber nicht.

„Arbeiten wir zusammen", sagte Phil. Wir gehen alle gemeinsam rein – wir haben einen Uhrmacher dabei, der uns bei den Mechanismen helfen kann – wir finden unsere Dokumente und Artefakte, Sie spucken auf Aigners Schädel, feiern eine schwarze Messe oder was auch immer Sie vorhaben und dann gehen wir alle unserer getrennten Wege. Was sagen Sie?" Draußen wurde das Panorama immer bergiger, während sich der Zug durch die Alpen schob. Schließlich beschloss die Gruppe, zusammenzuarbeiten. Jon ging los, um Ziffer zu holen.

Er erklärte dem Uhrmacher, was vorgefallen war. Der Schweizer war mit dieser Entwicklung offenbar sehr zufrieden. Jon griff seinen Rucksack und Phils Koffer, Ziffer trug sein eigenes Gepäck. Sie traten in den Gang hinaus, als Jon realisierte, dass am vorderen Ende des Waggons eine

Gruppe Männer die Abteile durchsuchten. „Ziffer. Gehen Sie. Los!"

Er schob den Mann vor sich her, während hinter ihm das nächste Abteil von dem Quartett mit Anzügen und Hüten geöffnet wurde. So wie sich die Männer bewegten, trugen sie Waffen unter ihren Jacketts. „He!", rief es hinter Jon, als er gerade den Ausgang des Waggons erreicht hatte.

Jon schob Ziffer über die Plattform auf den nächsten Waggon. „Gehen Sie schon, wir werden verfolgt!", rief er über das Rauschen des Fahrtwindes in den Alpen. Jon blickte zurück auf die Männer im Waggon. Einer, bekleidet mit einem etwas fadenscheinigen Nadelstreifenanzug, hatte begonnen, eine Waffe zu zücken, wurde aber von zwei seiner Kameraden zurückgehalten. Die Gruppe wollte offenbar nicht zu viel Aufsehen erregen. Noch nicht.

Ziffer wurde sich nun offenbar der Gefahr bewusst, stolperte vor Jon in den nächsten Waggon. Jon schob die Tür hinter sich zu, sah keine Möglichkeit, sie zu verrammeln, folgte Ziffer, der nun in den Laufschritt wechselte. „Warnen Sie die anderen, Ziffer!", rief Jon. „Ich versuche, die Kerle eine Weile aufzuhalten." Er öffnete blindlings ein Abteil, sah es leer, warf seinen Rucksack und Phils Koffer hinein, lief dann weiter den Gang hinunter. Er war keine zehn Schritte vor Ende dieses Waggons, als er die Tür am anderen Ende hörte. Die Verfolger kamen nur langsam hinterher, vermutlich, weil sie einen Hinterhalt vermuteten.

Den wolle Jon ihnen geben. Einmal außerhalb des Waggons, schwang er sich direkt seitlich über den Rand der Plattform, stieg auf das Geländer. Sein Blick fiel über das dunkelgrün lackierte, leicht geschwungene Dach des

Personenwaggons. Er bekam einen Lüftungsstutzen zu fassen und zog sich hoch. Kalte Alpenluft pfiff Jon um die Ohren. Er war froh, seinen Hut im Gepäck gelassen zu haben. Als der erste Mann unter ihm auf der Plattform zwischen den Waggons auftauchte trat Jon nach unten aus und erwischte ihn am Kopf. Der Kerl sackte in sich zusammen und blieb gegen das Geländer gelehnt auf der Plattform liegen.

Jon zog sein Bein wieder auf das Dach, bevor ihn jemand packen konnte. Ein Schuss fiel, ein Loch stanzte sich direkt neben ihm in das Zugdach. Zwei weitere Schüsse folgten, Kugeln brachen zu Jons Füßen durch den Boden, Holz- und Lacksplitter wirbelten um ihn. Jon betastete sich, stellte fest, dass er unverletzt war. Dann sah er eine Hand am Rand des Dachs, trat danach. Ein Aufschrei, weitere Schüsse durch das Dach. Jon rutschte, so schnell er konnte, rückwärts von der Plattform weg, weiter auf die Mitte des Zugdachs zu.

Ein Mann nutzte die Gelegenheit und versuchte, auf das Dach zu klettern. Jon, nun mehrere Meter vom Rand entfernt, konnte nicht verhindern, dass sein Widersacher den gleichen Stutzen zu fassen bekam, wie er selbst noch vor wenigen Augenblicken. Der Mann zog sich hoch, sah Jon aus grauen Augen an. Der Hut wehte ihm vom Kopf, er hatte schütteres, graublondes Haar. Der Mann hob seinen zweiten Arm, in der Hand eine selbstladende Pistole österreichischer Bauart. Er wollte eben auf Jon zielen, da wurde es plötzlich dunkel.

Der Lärm des Zuges war plötzlich größer und Jon spürte, dass direkt über seinem Kopf Felsen vorbeirasten. Ein Schuss fiel, das Mündungsfeuer der Waffe einige Meter von seinen Füßen entfernt. Es erhellte für den Bruchteil einer Sekunde die Situation: Der Zug war in einen Tunnel gefahren. Dessen Decke befand sich wenige Zentimeter über Jons Kopf, raste mit der Unregelmäßigkeit gesprengten Felsens über sie hinweg. Wäre Jon nicht auf dem Hintern gelandet, hätte ihn die Tunneleinfahrt erschlagen. So hatte der Pistolenschütze ihn verfehlt, feuerte blind weiter.

Jon kroch rücklings auf allen Vieren noch ein paar Meter weiter, um mehr Abstand zwischen sich und die Waffe zu bringen. Der Mann hörte auf zu feuern, vermutlich, weil die Waffe leergeschossen war. Jon schob sich an den Seitenrand des Waggons, spürte die Wände des Tunnels, wusste aber auch, dass es einen gewissen Spielraum geben musste. Er schob seine Beine und dann seinen Po über die Kante, spürte den Fels, der Zentimeter von ihm vorbeiraste, fand mit den Füßen etwas Halt am letzten Fenster des Waggons.

Der Mann am Ende des Dachs konnte ihn weder sehen noch hören – es war zu dunkel und zu laut. Er war ohnehin damit beschäftigt, seine Pistole mit einem Ladestreifen nachzuladen, als Jon ihn plötzlich von der Seite, auf seiner Höhe, packte und vom Zug riss.

Dann schwang der Kanadier sich auf die Plattform, an die Stelle, wo eben noch der Mann mit der Pistole auf dem Geländer gestanden hatte. Licht fiel durch das Fenster in der Tür auf die Plattform. Noch hatte er das Überraschungsmoment auf seiner Seite: Er verpasste dem ersten Mann einen brutalen Tritt in den Magen. Griff den anderen, der sich über den bewusstlosen Kameraden an der Reling beugte, beim Haarschopf und schlug ihn mit dem Kopf gegen das Geländer. Ein weiterer Tritt in die Nierengegend brachte den ersten Mann endgültig zu Boden.

Jon stand mit drei Bewusstlosen Männern auf der Plattform zwischen den Waggons, als es plötzlich taghell wurde – mehr als taghell. Rechts und links der Bahngleise lag gleißend heller Schnee. Jon sackte mit dem Rücken gegen die Wand des hinteren Waggons erschöpft auf den Boden zwischen die bewusstlosen Männer. Eine kurze Durchsuchung des Nächstgelegenen führte einen österreichischen Pass zutage sowie eine schwere selbstladende Pistole mit der Markierung „Roth-Steyr“ und einen Siegelring, den auch die anderen Männer trugen. Auf diesem war eine Krone mit einem Schildwappen abgebildet, auf dem eine Frau mit Schwert und Blumen zu sehen war.

Phil und Anastasia fanden Jon bei den bewusstlosen Männern. Gemeinsam beschlossen sie, die drei gefesselt und geknebelt vom Zug zu werfen, als dieser an einer Bergstation Wasser und Sand nachfüllte. Irgendwer würde sie schon finden, wenn der Zug wieder abgefahren war.

„Die gehören wohl zur Gräfin“, meinte Anastasia. „Dann sind die hinter Ihnen her. Die wollen wohl auch in das Mausoleum.“

„Wenn alle so versessen auf diesen Schlüssel sind, fange ich fast an zu glauben, dass man ihn tatsächlich braucht“, meinte Phil. „Als Archäologe würdest du doch eigentlich eher durch das Dach reingehen, als durch die Tür, oder Jon?“

„Normalerweise sind die Orte, in die ich reingehe aber auch seit Jahrhunderten oder Jahrtausenden verschüttet, Phil.“

Sie saßen wieder in ihrem Abteil. „Eine weitere Verschwörung geheimnisvoller Mörder, die hinter dir her sind, Jon“, sagte Phil. „Das ist keine sehr gesunde Sammelleidenschaft. Meine Mutter war ja eher von Käfern begeistert.“

„Wir hätten vielleicht noch ein paar Fragen stellen sollen.“

„Die Gelegenheit war gut, sie loszuwerden", sagte Anastasia. „Und aus den Männern der Gräfin bekommen Sie nicht viel hinaus, glauben sie mir."

„Wer ist diese Gräfin eigentlich?"

„Sie war auch auf der Auktion. Wollte den Schlüssel haben, erinnern Sie sich? Ihre finanziellen Mittel sind wohl nicht mehr, was sie einmal waren."

„Müssen wir mit noch mehr Aktionen dieser Art rechnen?" Jon blickte Anastasia an, die definitiv mehr wusste, als sie sagte.

„Das glaube ich nicht. Aber die Gräfin scheint nicht die Einzige zu sein, die hinter dem Schlüssel her ist. Und jetzt, wo er in Bewegung ist, zwanzig Jahre nach Alois Tod... Nun, es scheinen eine ganze Reihe von Mächten ebenfalls in Bewegung geraten zu sein. Vielleicht finden wir das Mausoleum als ruhiges Auge des Sturms vor."

„Wollen wir hoffen, dass im Auges des Sturmes tatsächlich Windstille herrscht", sagte Jon. „Und, dass wir dort ankommen, bevor es alle anderen tun."

„Konkurrenz", wandte Phil ein, „belebt das Geschäft, oder wie sagen die Amerikaner, Jon? Lass alte Kontinentaladlige, delirische arabische Attentäter, Geheimagenten aus der neuen Welt und Verbrechersyndikate aus Fernost nur kommen. Wir nehmen es mit ihnen auf."